나 그는 누구인가

나 그는 누구인가

나 그는 누구인가

홍성규 시집

인쇄일 ｜ 2025년 09월 22일
발행일 ｜ 2025년 09월 25일

지은이 ｜ 홍성규
펴낸이 ｜ 김영빈
펴낸곳 ｜ 도서출판 시아북(詩芽Book)

출판등록 ｜ 2018년 3월 30일
주소 ｜ 대전광역시 동구 선화로214번길 21(3F)
전화 ｜ (042) 254-9966
팩스 ｜ (042) 221-3545
E-mail ｜ siab9966@daum.net

값 12,000원

ISBN 979-11-94392-48-4(03810)

나 그는 누구인가

홍성규 시집

나 그는 누구인가

홍성규 시집

사랑이어라 아름다움이어라

어디쯤 저리도록 웅어린 시름과 그리움들이 옹달샘에 달
무리지 듯 머무는 날에 벅찬 이야기 노래하듯 음 조리는 날
그날이 바로 오늘은 아닌지 합니다.

덜컹이고 굽이지더라도 잠시나마 눈길 머무는 글과 먹물
이었으면 합니다.

2025년 09월

홍성규

2부
시조 2

3부
시 1

1부

시조 1

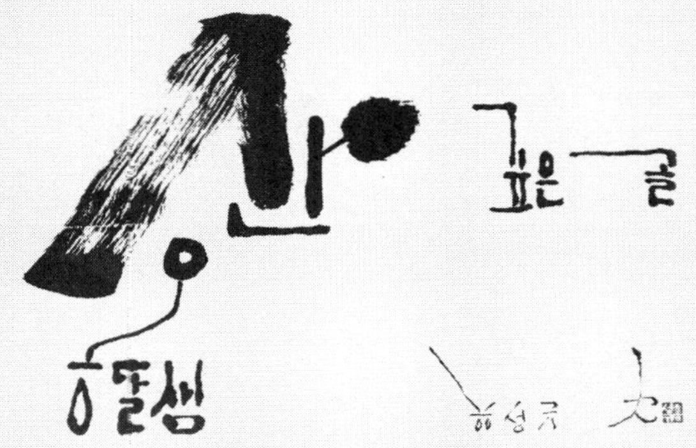

산 깊은 골
옹달샘

가난

인생이 전투라면
책들은 신무기다

읽어라.
또 읽어라.
눈꺼풀 무르도록

올곧은
깊은 지혜가
겹겹이도 쌓였다

책 속에 길이 있다 모르는 이 있으랴만
좀 있다 시간 나면 언제가 그 끝인데
핑계가 게으름인 걸 알고 있지 가난은

종묘 기행

뜨겁게 갈라지는 먹구름 틈 사이로
절구통 마구 굴려 몰아치는 천둥소리
불 칼로 자지러지던 상모 돌이 한 마당

부침의 세월들이 실록 속에 눈을 뜨고
이승과 저승길이 문 하나로 닫혀지면
위패를 베개로 고여 고이 잠을 드시는 곳

곤룡포 자락으로 휘날리던 그날들이
고요로 띠 두르고 머무는 천년세월
숨소리 잠잠하여라 돌아드는 실바람

부연 끝 나부끼듯 노을로 타는 밤을
눈 하나 아기별이 초승달과 건너간다.
오백 년 조선 숨결이 굽이굽이 서렸다.

사대문 열린 마음 옛정은 푸르르고
달빛 젖는 치맛자락 항아님들 웃음소리
닿을 듯 무지개다리는 어느 곳에 걸쳤는지

* 2006년 6월 10일 서울 때때로 소낙비
  충북향토사 연수 및 유적 답사 소낙비 내리고 천둥번개 치는 종묘에서
  마침 사물놀이패도 한마당 흥겹게 놀고 있었다.

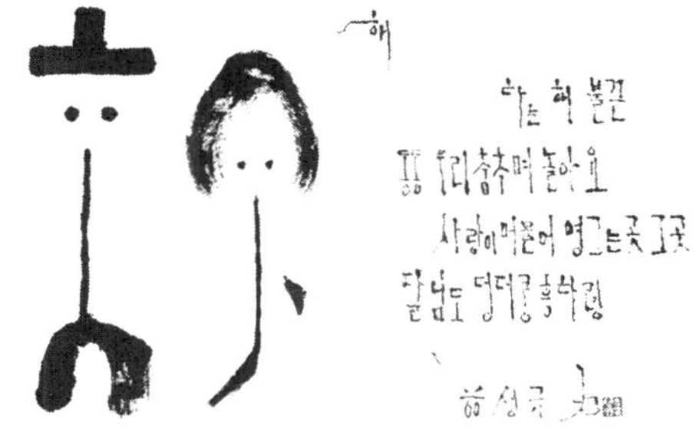

꽃노래

누구일까 망설임
돌아보는 비탈길로

어렴풋 자박이는
발 저린 아지랑이

눈 털어
봄을 들추는
노랑 치마 복수초

높다란 추녀 끝에 햇살이 펄럭인다.
발돋움 맨드라미 각시 풀 쪽 찐 머리
안으로 삭인 정절을 우려내는 할미꽃

쪽달

어둠이 부서지는
서산마루 등성이

님에게 드리려고
목걸이 어르는데

초사흘
흘기눈으로
삐죽이는 저쪽 달

고리산

고리산 능선 위로 피범벅 오디 열매
격전의 그날들을 하루같이 울부짖던
용사의 사무친 기백 웅어리져 엉겼다

복받치던 구호들이 쟁쟁한 성터 위로
기왓장 모난 조각 깨지던 아픔일까
알알이 오디 물들어 입술 젖는 메아리

손가락 으깨지던 외마디 절규 소리
성벽 쌓는 뚝심으로 돌 틈에 묻어두고
잊혀진 목 쉰 세월로 성왕 찾는 아우성

아낙네 눈물방울 산나리 멍울 들던
가파른 등성이로 인적은 끊겼는데
등 굽은 노송 한 그루 천년 꿈이 외롭다

가로막힌 금강 줄기 배불뚝이 대청호
역사의 소용돌이 한 자락 들춰내어
그 시절 기치창검을 번득이는 잎새들

＊고리산 : 옥천에 금강을 내려보며 대청댐에 발을 담근산 일명 환산
이라고도 함 백제와 신라의 격전지로 성터가가 있으며 백제 성왕이
근처에서 전사했다함 한여름인데 산이 높아 그런지 오디 열매가 무
르익어 손과 입술이 붉어지도로 따먹으며 놀다옴

뜬구름

산마루 밝은 달은 호숫가에 얼비치고
저린 몸 바람으로 물결을 흐르는데
구름은 어느 뉘라서 자꾸 따라오는 게요

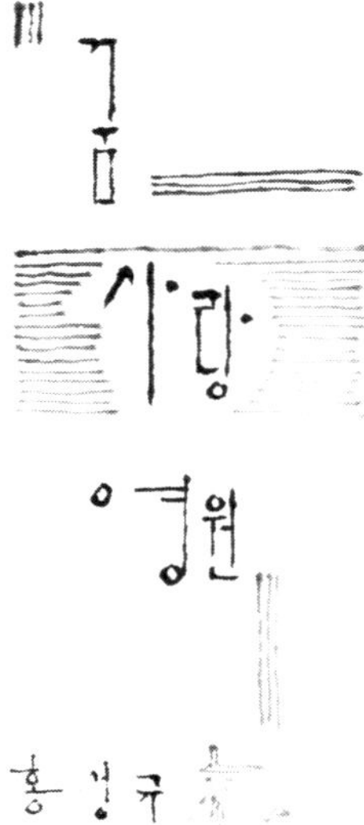

소나무

세월을 베개 삼아 이제를 돌아본다.
고아라. 붉은 댕기 꽃노래도 들려다오
달님도 언 듯 머물러 반주 한잔 어떠랴

구름도 비켜 가는 등성이 고갯마루
추억이 겹쳐지는 산굽이 끝자락을
별똥별 질긋 눈웃음 밤이 더욱 좋아라.

사랑

맨살이 철갑이듯 배꼽까지 드러나는
풋살구 배탈 나는 초록빛 순결들이
폰울림 휘파람 소리 어디만큼 다 왔어.

오르고 또 오르고 끝 간 데 똥꼬치마
층 계단 뒤따르기 보일 듯 어름어름
눈 돌려 내가 민망해 올려보기 부끄럼

엉덩이 팔랑팔랑 계단은 어쩌라고
섬섬이는 뒷자락 쪽 발로 성큼성큼
현란한 색동 불놀이 타오르는 젊음을

걸치긴 걸쳤는데 얼핏 이 드러나고

눈 돌려 먼 산으로 고개를 돌리는데

뒷자락 설핏 부끄럼 어디 대어 가리나

추억

속가슴 패인 멍울
색깔 고운 추억들을

올올이 엉긴 사연
꿈결로 잦아 올려

비단결
너른 자락을
주름주름 펴오리

벗이어

아기별 동산 길을 나래질 주름 접어
물갈퀴 풀어내려 아롱지는 물살 위로
물장구 갈대의 꿈을 깨우지는 말아주오.

이승과 저승길이 멀고도 가까운데
살뜰히 못 잊는 정 등 굽은 골목길을
누구라 되돌아서서 소리 높여 울 건지

풀벌레 오솔길을 맨발로 내 다르던
돌 채여 깨진 발톱 피멍울 갈라지는
한 발짝 외발 띠기로 절름대던 그 시절

때 묻은 순간들의 곰팡이 사랑 노래
눈물로 고였는가 콧물로 흐르는가?
되돌아 지난날들이 겹쳐지고 펴지고

조각달 어스름이 박수 소리 삼세번
울 넘어 젖은 손길 웃음 결 설레임을
휘파람 종종거림이 잦아드는 발걸음

저녁놀

물젖는 불덩이로
벽력 치는 몸부림

깎아지른 벼랑 끝
아슬아슬 발 저림

산마루
코방아 찧어
범벅 지는 저녁놀

석류

어깨 쭉 툭툭 치는 시큼한 너털웃음
볼 붉은 연지곤지 붉게도 배어드는
꽃댕기 잔잔한 미소 어름어름 한 아

가쁜 숨 재여 드는 갈고닦은 홍보석
먼 우뢰 번개 칼로 갈라지는 저 등살
은하수 아기별 얼굴 알알이도 박혔다.

땡볕이 모로 굴러 양지마당 굴러가는
한 가지 주렁주렁 짱짜랭이 형제여
뜨겁게 달아오르는 젊은 날에 꿈이여

참나리

땡볕에 타다 남은 애증의 꽃잎 위로
일어설까 더 누울까 겹쳐진 그리움이
점점이 부서져 내려 모로 박힌 반점들

주름진 계절 위로 먹구름 찾아든다.
까맣게 타는 얼굴 모주 탓만 할 것인가?
초저녁 달빛 깨트려 망울 트는 나리꽃

잠꼬대

번갯불 불티나는
벽력 칼날 휘어잡고

앙가슴 퉁퉁 치며
갈대 밭길 달려 나가

그 끝이
어디쯤인지
하늘 한번 째려볼까?

왕대포 한 사발로 기고만장 외쳐대며
진흙탕 흙 감탱이 덩실덩실 춤춰볼까?
벌판길 깡충 뛰면서 날아볼까 휠 휠 휠

물장구 돌팔매로 용궁 한번 놀래줄까?
벌집 구멍 쑤셔놓고 맨얼굴 맞서 볼까?
신작로 알몸 흔드는 객기 한번 부려봐

장닭

들끓는 동해바다
불덩이 솟는 햇살

안개 걷힌 산마루
보랏빛 부레옥잠

꼬끼오
일어나기요
부지런한 형제여

산줄기 줄기줄기 기지개 아침 문을
홰치며 울어 우는 기성 퍼런 장닭울음
다져진 겨레의 숨결 골골 마다 넘친다.

백제의 미소

잠자코 물러서서
감은 듯이 열린 눈빛

손가락 마디마디
중생의 번뇌인가?

달빛에
열리는 정토
고이 펴는 한시름

고요가 선잠 드는 청록빛 엉긴 자태
해탈의 다듬이질 산사의 목탁 소리
억겁을 흐르는 침묵 어디 담아 내오리

머무는 바람결에 되돌아 천년세월
윤회의 굽이굽이 사바의 성긴 사연
살포시 머금은 미소 돌아드는 저 숨결

달마중

바람결 휘어드는
고갯마루 등성이

어서 오라 눈웃음
허리 굽은 쪽 달님

꽃잎에
이슬 머금고
깨금띠기 달마중

도자기

어지럼 몰래 질 혼불 이는 돌개바람
불가마 달아올라 비색 드는 무아경
항아리 울음 잡히는 뇌성벽력 한울림

부싯돌 불꽃 한 점 번개 불씨 훔쳐내려
하늘빛 담아내는 빙글 도는 어지럼
악무는 태초의 숨결 울어 우는 몸부림

횃불

35

은 누리 발길들로 산하는 들썩이고
응어리 가슴가슴 횃불로 타오르는
등성이 높이 흔드는 민족 깃발 저 불꽃

기다림

대추나무 잔가지로 젖어드는 봄비 속을
사리문 밀쳐 열고 들어서실 발길 소리
낙숫물 홀로 헤이며 이 한밤의 기다림

기러기

아기별 동산 길을 나래질 주름 접어
물갈퀴 풀어내려 어롱어롱 물 살지는
물장구 갈대의 꿈을 깨우지는 말아 주오.

둥글이

효자손 둥글이로 피나게 긁어볼까?
갈퀴손 영감한테 엎드려 등 내밀까?
아서라 허리 굽히는 뒷자락은 아니지

눕는 게 병이라고 말 안 해도 아는 것을
보이는 건 누울 자리 등 따신 아랫목을
누어라 그게 최고다냐 저승 가는 첫 길목

달무리 비 오려나 흐릴 듯 구름 끼면
찌르듯 쑤셔대는 사대 삭신 육천 마디
콕 콕콕 굽이 굽이를 속속들이 쏙 쏙쏙

아프다 왜 아픈데 아프니까 아픈 거지
아픔만큼 못 견디고 아픈 만큼 눈물 난다.
아프다 울지를 마라 아픈 것이 죄더냐

참다가 참아내다 혼자 말로 끙끙끙
뒤척이다 돌아 누면 아픔이 먼저 돌고
돌아라 돌고 돌아라! 어지럼도 병이랴

시리고 저린 것이 하루 이틀 일이던가
이웃집 마실 가듯 등줄기 파고드는
늘그막 달고 산 아픔 궂은날이 더하지

땀띠 나는 등줄기 키우는 재미라고
엎고서 흔들대고 김매고 빨래하며
한 질로 키워놓으니 저잘 낳다 징징징

질 팽이 건듯 쥐고 천리길도 만리길도
한달음 내 다루는 노을빛 뒤안길에
할무이 나 다리아파 기어오른 허리춤

등성이 산 너머로 구름이 흘러간다.
흐르고 또 흘러도 자고 나면 제자리
소쩍새 우던 밤길을 부챗살로 어른다.

세월이 간다 온다 말 안 해도 아는 것을
그 누가 세월 막아 한시름 할 것인가?
뛰어도 제자리걸음 허리 굽은 할마시

긍지와 자존심은 어디다 팽개치고
아픈 척 절름절름 곱사춤 비렁뱅이
참아야 내가 누군데 참아내는 나야 나

그대여

자는 듯 꿈꾸는 듯 실꾸리 물레질
밤길 여는 두견이 베틀로 덜컹이는
광거미 잦은 발걸음 마을 어귀 돌장승

냉가슴 저려 드는 색깔 고운 그날들을
올올이 엉긴 사연 꿈결로 자아올려
비단 폭 너른 자락을 주름주름 펴오리

선녀는 누구이며 천사는 뉘시온지
웃음 결 다문 입술 가르마 실눈 뜨는
저만치 달빛 머금은 보일 듯이 뒷모습

둥 성이 굽이굽이 곱게도 피어나던
불그래 피는 꽃잎 댕기 머리 진달래
속살임 가는 콧노래 들리는가 그대여

수석(남근석)

서느라 시드노라 비탈진 운명들이
우뚝이 하늘 받쳐 지세우는 밤인데
돌이 된 아쉬움인가 사시사철 꿋꿋함

물살을 베개 삼아 눈뜨고 드는 잠이
바르게 더 바르게 하늘을 치 받들어
다물어 귀로 코 고는 이 한밤의 몸부림

푯대로 세운 기상 이불속 드러나고
밤새워 북돌우며 새벽까지 그 곧음
세차게 뻣친 그 기상 불끈불끈 용솟음

어디서 본듯한데 내 것은 아닐 테고
모양도 가지가지 꼬꼬 시 잘도 섰네!
끝끝내 되돌아서는 건 너뿐인가 하노라

수궁 길 멀다더니 예까지 어인 일고
만나서 반갑고야 징치고 나팔 불어
우뚝이 솟은 돌뭉치 힘살 돋는 저 자태

담배

담배 피면 안 좋아 피는 이도 아는걸
빨아대고 또 빠는 중독의 갈림길을
신호등 높이 달고는 가다 서다 되돌이

습관이 병이라고 다 아는 상식인데
죽을래 죽고 싶어 엄포도 아니련만
절 잘나 한대 피워문 입꼬리가 웃긴다.

끊어야 끊어야지 그날이 언제인데
작두날 춤추듯이 시퍼런 다짐으로
하세월 못 끊는 정을 누구 탓을 할 건지

연기 따라 길 트는 저승사자 발자취
휘 불어 날려본들 냄새는 어찌할꼬
좋아라 빨다 죽으면 저승문은 자동문

잔주름

젊음의 쟁기질로
세월을 갈렸더니

세월은 변함없고
이랑으로 파인 얼굴

정수리
성긴 머릿결
뜯다 놓친 햇장닭

검버섯 찌든 얼굴 들여보고 닦아 보고
분 발라 다독여도 잔주름 깊어지는
게으른 저승사자가 얼어놓고 놓쳐라.

빨래줄

가방끈 길다고 한들 빨랫줄만 할 것인가?
울 엄마 빨랫줄에 펄럭이는 긴 사연
가르마 곧은 한줄기 동백기름 쪼르르

순정

검정 치마 흰 저고리 단발머리 찰랑찰랑
사방치기 공기놀이 바꿈새기 깨금띠기
웃어라 웃으며 놀자 껑쭝대던 소녀여

꽃버선

고아라. 고을시고
춤사위도 고을시고

붉은 고름 고을시고
옥색 고름 고을시고

휘돌아
오뚝 치솟는
맵시 고운 꽃버선

인생

사는 게 삶이라고 산 사람들 노래요
땀 젖는 고갯마루 휘 넘는 저 구름아
재 넘어 저승 길목에 책방인들 엎으랴

질 팽이 더듬더듬 이승길이 저승길이
한 발짝 또 한 발짝 문턱은 어디쯤이
웃으며 가야 할 길을 절름대며 헤매는

가노라 못 가느라 부여잡고 되물어도
얄궂은 인연들이 빨랫줄 늘어진다.
비켜라 비켜서거라 아는 만큼 보인다.

첫닭이 우는가요. 홰치며 우는소리
어제와 오늘 사이 갈라 내는 분별인가?
인간아, 설마 서설마 닭이 목은 아서라

잊어라 못 잊는다 못 잊으면 어쩔 건데
눈물이야 눈물이야 울어 울던 속 가슴
눈물로 씻길 정이면 진즉 울어 씻었지

적등강

적등강 지는 노을 물살로 휘휘 감아
늘어진 버들가지 한허리 걸쳐놓고
닫 울음 뜨고 지는 해 여기 잡아 두리라

감아 도는 저 물결 살랑이는 바람결
달 따라 세월 따라 흘러 흘러 가는 님을
끝끝내 못 잊는 시름 달무리 지는 밤을

허리 굽은 저 쪽달 지다마는 샛별을
서산에 병풍 둘러 동여매는 하세월
아무리 덧없다 한들 어찌 잊고 살려요.

한 굽이 물결 따라 흘러가는 계절 속을
물고기 헤엄치듯 노니는 저 구름아
야속 타 아픈 시름을 어찌 아니 아시나!

부들

핫도그 장사들이
널 보면 미치것다

어찌도 모양새가
그토록 닮았는지

꼬챙이
꼬친 그대로
오물오물 입 다심

모란 4

동산에 바람 들어 꽃들이 일어선다.
지그시 열린 입술 이슬로 취한 얼굴
발돋움 성큼 일어서 가슴 풀어 내린다.

자식 사랑

시린 손끝 호호호 앙물어 깨무시며
아랫목 이부자리 다독여 살피시는
설한풍 막아서시던 무명 갑옷 홑적삼

곱은 손 고물고물 머릿결 쓰다듬어
그렁그렁 가래 기침 코 팽 풀어 더 세게
앞치마 물 젖는 손길 마를 날이 언제라

솔방울 닭기똥도 입안에 가득 물고
앞마당 자빠질라 섬마섬마 기우뚱
온몸을 쏘시게 삼아 자식 사랑 불꽃 춤

발 뒷굽 굳은살이 문드러 뭉개지고
손톱 밑 비접 들어 갈라지고 째지는
밤새껏 끙끙 앓느라 설치시는 새벽잠

한밤 내 감기 몸살 이마는 불덩이고
찬물 적신 물수건 되돌아 살피시는
엄마 손 약손인 줄은 간난이도 다 아는

웃어요. 웃으실까 돌아보고 또 보며
잊히랴 잊힐 리야 초롱초롱 눈망울
등잔불 심지 돋구어 바늘귀 꿰시던 밤

철 따라 피던 꽃이 엄마 숨결 봉선화요
불 달아 타오르는 장독대 맨드라미
남새밭 푸성귀 한 잎 손길 따라 춤추는

줄달음

애끓는 사랑 노래 양은 냄비 우글나고
언 발에 오줌 누기 하루살이 인생살이
순간이 스치는 세월 토끼 거북 줄달음

문이 열리고

문이 열리고
둥둥 둥 북소리

문이 열리고
여명의 빗장 푸는 목탁 소리
새콤하지 않고는 달콤한 세상을 이야기할 수 없어
뇌성벽력 석류 알 깨지는 붉은 이야기

문이 열리고
쏟아지는 햇살
막혔던 가슴 뚫는 북소리 쇠 북소리

문이 열리고
갈대밭 달리는 바람결 휘감는 머리칼

산마루 땅거미
모퉁이 휘돌아
땀방울 적시는 하늘 문 열리는 삐거덕 소리

참나리

1
뾰족구두를 신었는가.
모퉁이 나서는 성숙한 발걸음

가는 종아리
키는 또 왜 이리 큰 게야
호랑나비 젖는 입술 참나리 붉은 꽃잎

부끄럼 무릅쓰고 입을 크게 벌렸다
입술이 짓무른다. 꽃잎이 불붙는다

모닥불 땡볕으로 어질어질 꽃망울

2
꽃잎 찢기는 아픔
주홍빛 외마디소리

도덕의 혼을 밟고 서서
인륜의 심장을 깨물어 선혈이 낭자한 이빨 자국

물동이 깨지듯

무너져 내린 절망을 쓸어 담은 꽃

꽃에 물려 상처뿐인 호랑나비

익는다. 몸부림 울먹이는 된장 냄새

장독대 맴도는 내 어미 청상과부 한 서린 꽃이여

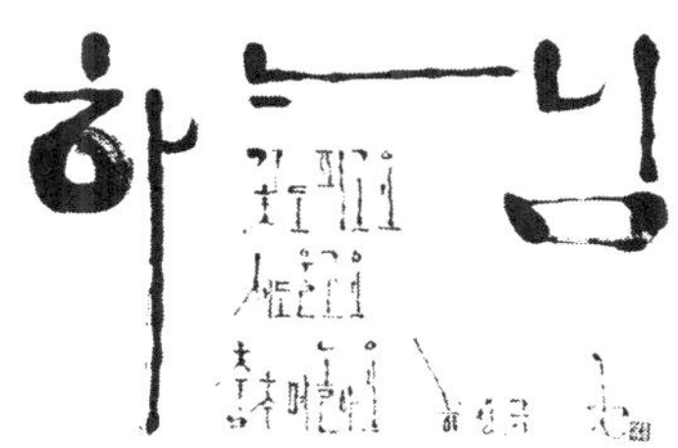

빈 잔

빈 잔은 외로움
빈 잔은 서러움

채워져야 할 사연
채우지 못할 사연

잔이 흔들린다.
잔이 출렁인다.

빈 잔은 기다림
빈 잔은 그리움

상사초

님은 어디에
돌담 아래 섬뜩한 기운

제 심장을 베어 물고
솟아오른 뱀의 헛바닥

잎과 꽃이 서로 만날 수 없어
계절을 저항하는 횃불

님은 어디에
여린 꽃 대공

유성 따라
꽃잎 지는 밤이
더욱 서러운 상사초

비둘기

지집 죽고
자식 죽고 구 구

홀아비 죽은 넋이
언제 적 울던 소리
구구 구구 구 구

세월의 능선을 날아
산마루 울어대는 그 울음

철마다 그리운 정
목매기 울음

지집 구구
자식 구구
구구 구구 구 구

* 목매기 : 어미젖을 떼기 위해 목에 고삐 맨 새끼 송아지

모란 3

1

어느 봄날

그토록 산불 불타오르던 날

느가 쏘았는지 검붉은 대포 한 발

터질 듯 작열하는 모란꽃 사랑

으월의 아픔이 피로 물들어

갈가리 찢기는 피투성이 사랑

브일 듯

알 수 없는 언어들로

붉은빛 만장을 달고

어지럼 꽃잎 하나 피리 불며 날아간다.

청매화 시린 밤을

먹으로
어둠을 갈아
벼루 속 잠기는 세상

붓끝에
빗장 풀리는 하늘

여백으로 뜨는
조각달 숨은 얼굴

이슬로 별을 따는
청매화 시린 밤을
꽃망울 길목마다 몸살 앓이 달음질

돌담길

돌들이
돌을 이고 하늘 향해 올라서고
돌들이
돌을 엎고 길 따라 늘어서고

땀방울 자지러 자지러
돌무더기 타는 여름

돌 틈에 외발로 버텨 서서
아픔이 아픔 되어 달아오른 진한 꽃잎
손톱 끝에 불붙는 봉선화 사랑

돌들이 달아올라 함부로 터지는 씨알 폭탄 묻지마 사랑

돌담길로
볕발이 검불같이 굴러다니는 한낮

비는 언제 오려나.
파초 잎 위로 하늘이 흘러내리고 있다

들려다오 못다 한 노래를

몰아치는 파도를 안고
하나로 돌아드는 산맥들
영봉을 싸고도는 상서로운 기운

온 누리
아침 열리는 북소리 쇠북소리

백두산 한라산
한강 두만강 압록강
물은 물끼리 바다로 출렁이고
산은 산끼리 영봉으로 치달아 몰아치는 산맥들

들려다오
잊혀진 노래를 못다 한 노래를

빛바랜 추억들로
일렁이는 흑백 얼굴

너는 또
달리는 열차 화통 난간에 서서

석류알 시큰한 향수에 젖어

데마른 추억을
두레로 퍼 올려
녹슨 철길 위로 쏟아붓는다

가랑비 이슬비

사위
가라고 가랑비

사위
있으라고 이슬비

양식은 떨어지고
비는 자꾸 오는데
사위는 언제나 가려나 어서 가라 가랑비

비는 오고
마땅히 갈 곳도 없는데 더 있으라 이슬비

엇갈리는
절박한 심정
어서 가라 가랑비
더 있으라 이슬비
비는 내리는데 비는 자꾸 쏟아져 내리는데

알고 있을까?

놀이터 그넷줄에
매달린 지구가 흔들린다.

고층 아파트가
그넷줄 높이만큼 기울어도
무너지지 않는다는 것을 아이들은 다 안다.

별들이
불꽃 날리는 모닥불 타는 밤을

취한 발길이 어지러운 것이
멀미로 구역질 토하는 것이
흔들리는 그넷줄 때문이라는 것을 알고 있을까?

지구는 또 언제까지
그넷줄 떨어져 먼 우주로 무한 나는 환상에 젖어
쪽달이 은하수 건네는 밤을 허우적댈 것인가.

아주머님 영전에

2001년 4월 어느 봄날

진달래꽃이
붉었습니다.

그러나
두견새는 울지 않았습니다.

흐릴 듯 황사 바람을 안고
아무렇지도 않은 듯
멍먹한 하늘이 원망스럽습니다.

소나무 그늘아래
하얀 꽃망울 춘란으로 머무시던 숨결
들릴 듯도 하여 귀 기울여 봅니다.

흔들리는 봄볕 속으로
꽃신 신고 가시는 발길
먼 산마루 되돌아 가슴이 미어집니다.

있는 듯 없는 듯
종갓집 맏며느리
감아도 감아도 머릿결 하얀 뒷모습
실바람 휘도는 빈 공간으로 남겨 두셨습니다.

[*] 사촌 형수님 영전에

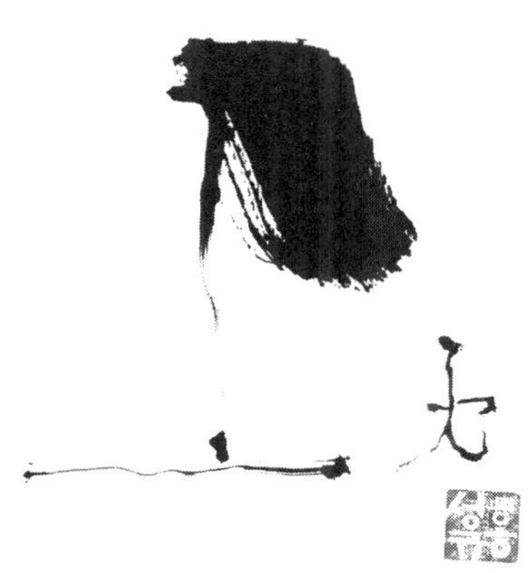

고깔 신명

보입니까. 보여요

하늘이 보입니까.
하늘이 보여요

눈을 뜨셔야지요.
눈을 뜨셨다고요

아스시오
보면 무슨 소용이 있겠습니까.

자 그러면
여길 보세요. 여기요

무어가
보입니까. 보여요

돈이 보인다고요.
깃발도 보이고요.

거짓말을 하시는군요.
코이긴 무어가 보여요

춤추지 마세요.
춤을 추어야 산다고요

캥캥 갈라지는
징소리 고깔 신명이 드셨나 보군요

고모

바람이 절름절름
숨차게 오르는 동산엔
쪽빛 바다로
조각달을 띄우는 단발머리 고모가 서 있다

환갑이 넘고 할머니가 되셨는데도
봉선화 물드는 손끝으로
자줏빛 하늘가에 먼빛으로 서 계시다

한때는 듬직한 남자를 보면
어쩐지 고모 생각이 나고
고모부였으면 하는 설렘도 있었지!

덧니 사이로 엷은 미소가
흐를 것 같기도 하고
보조개 지는 애수가 보일 듯도 하던

옥빛 슬픔같이 곱던 얼굴

풀피리 마디마디
이 빠진 추억들이 시린 통증으로 남아
구름 낀 날들을 쑤시고 저리게 한다.

해마다 가을이면
세월을 거스르는 소녀티 고모가
푸른 바다를 이고 억새꽃 동산을 오른다.

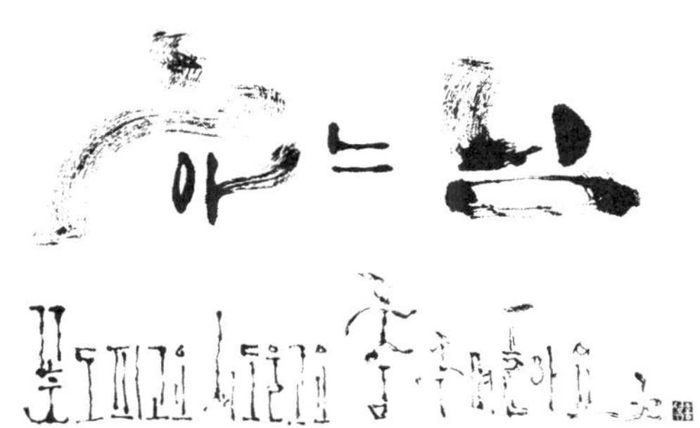

단풍

누가 젊은 날에
혈기 왕성한
힘살 돋는 사랑을 모른다 하랴?

누가 빈 가지만으로 한겨울
외롭고 쓸쓸한 추위를 모른다 하랴.

너무 곱게 웃지를 말아라.
너무 붉게 통곡을 말아라.

백두산 치솟는 벼랑 끝에 서서
온 누리 열정을 안고 타오르는
산맥들을 휘돌아 내 다르는 저 기상을 보라

한라산 등성이 우뚝
비겁하지도 비굴하지도 않으며
목청껏 포효하는 불꽃 같은 저 기상을 보라

하늘 흔들어
선녀 옷자락 두르고

지옥의 아우성 지글지글
유황불로 물드는 노을을 밟고 서서
밤새껏 밀려드는 어둠들을
안주도 없이 마셔대다가 그렇게 취해버렸느냐

너무 곱게 웃지를 말아라.
너무 붉게 통곡을 말아라.

골목길 두더지

동전 한 닢으로
숨구멍 틔우면
머리 내미는 두더지들

숙명으로 다져진 처절한 눈빛
빠른 방망이질 뭉개지는 머리통

이리 내밀고 저리 내밀고
몸으로 맞서야 할 매품 팔이
피 터질 콧구멍조차 막혔나 보다

그래 두들겨 패라
깨진 이마 뚝심으로 버텨내는 신음소리
방망이 끝으로 심장을 들추는
순간에 걸린 목숨 찍찍대며 숨는다.

아침부터
미운 님이 더욱 그리운 두더지는
골목 어귀 숨죽여 서성이고

쪽 달마저 삼켜버린 가로등은
밤새껏 쏟아지는 어둠들을
하수도 구멍으로 쓸어 넣는다.

오가피 차

오가피 차 목이 껄끄럽다.
더글 더굴 덕더글 때국물 우려내는 몸부림

사랑을 끌어안은 장작 난로
검은 삐삐 주전자 주둥이 끝에서
머릿결 하얀 선녀가 동동거린다.

갈색 잔 속에 내가 빠졌다.
숨이 차오른다. 목이 간질거린다.
손도 내밀지 않고 어서 나오라 재촉하는
구경꾼 또 다른 내가 밉다.

잔 속에 별이 뜬다.
물안개 저편으로 나래 펴는 종이학

보일 듯
어둠이 둘러앉은 숲 속에선
달님이 얼룩진 이야기책을 펼치고

추억이 안갯속으로 한 자락 씻기는데
찻잔의 온기는 아직 남았는데

바람이 차다
하늘 끝 갈라지는 솥뚜껑 기침 소리
핏덩이 별 하나 아차 떨어진다.

나 그는 누구인가

홍성규 시집

4부

시 2

청자 항아리

어지럼 물레질
혼불 이는 돌개바람

부싯돌 불꽃 한 점
하늘 불씨 훔쳐내려

불가마 달아올라
비색 드는 무아경

천둥소리
하늘 갈라지고

항아리
울음 잡히고
망각을 삼켜 꼭 다문 침묵

밑지고 팔아라

옆구리 허전하고 등 가렵기 시작하면
곰팽이 쥐포만도 못한 자존심들이
삶을 얼룩지고 주접스럽게 한다.

짚신이 꽃신 짝만 쫓다간
맨발의 아픔과 시린 눈발을 절룩여야 한다.

초장에 팔면 밑져도 남는 장사
파장에 팔면 남아도 밑지는 장사

기다림이 여유롭고
꾸밈없는 눈빛으로 웃어주던 바보는
지금쯤 어디서 또 다른 바보짓을 하고 있을까?

영광으로 떠오르던 보름달이
술잔에 빠져 시큼한 깍두기처럼 물컹하다.

게으른 주정뱅이
스무사흘 쪽 달은
24시간 편의점 뚜껑 열린 김밥 도시락 반쪽 얼굴

마당으로 피는 들꽃이 시들어지면
쥐구멍으로 해 뜰 날은 그리 쉽게 오지 않는다.

물결은 강에서 강으로
어깨동무 모여드는데

세상사 노래방에서
멍멍이 소리라도 숨결이 통하면
이미 본전은 남은 장사가 아닌가.
한 닢 동전만 한 정이라도 그리움이라면 밑지고 팔아라.

노을로 다 타버리기 전에
한 줌의 볕이라도 더 쪼이자

세상으로 통하는 문

현관문 앞에서 발걸음이 빨라진다.
어젯밤에 돌아와 구두끈을 풀던 그곳

엘리베이터가
덜컹 멎으며 세상 문이 삐끔 열린다.
거울 틈 매무새 고르는데
쏟아질 듯 등줄기 늘이며
아래로 잡아당기던 버릇을 잊고
오금이 접힐 듯 솟구쳐 오른다.

위에서 묘령의 아가씨가 끌어올렸을까?
숫자를 더듬어 오르던 불빛이
딩동 콧소리 멎으며 옆구리 터져 열리는 문
거울 속으로 엉덩이 큰 삐쪽 구두가 들어와
숨찬 목숨 줄에 걸터앉는다.

넥타이가 조여들며
숨결을 요령 치고 있다
왜 이리 세상이 무거운가.

왜 이리 공간이 좁아 드는가.
자꾸만 더듬거리는 시곗바늘이 헛바퀴 돌고 있다

철 지난 세월의 뒤안길에서
비탈진 세상의 난간에 걸쳐
내 안의 나를 찾아 내 집 문 앞에 낯설게 서서
내가 누른 벨소리에 귀 기울인다.

자꾸만 덜컹 여 쑤시고 저린 세상
자꾸만 바람 빠져 허기지고 시린 세월
삶에 줄기들이 허공에 매달려
출세 난간 귀퉁이 오르려 발버둥 친다.

아귀다툼 볼펜 끝으로 튀기는 핏빛 영상들이
자막도 없이 흔들리고 있다 울먹이고 있다.

동백 무당 1

송찬호 시인이
도끼날 뜨겁게 벼린 펜촉으로
붉은 눈 동백나무를 무참히 쳐 돌렸는데요.
천년에 딱 한번 핀다는 향일암 애기 동백을요

피 솟는 가지마다
뚝뚝 떨어지는 아픔들

그런데
송찬호 시인은 동백 혼이 씌어
동백 무당이 되어
향일암 바위틈에 촛불로 피어
시가 잠드는 밤을 지킬거래요

꽃비 내려 꽃잎 물결 아름다운 섬 저 멀리
향일암 돌문이 닫히면
발 시린 애기 동백은 잠을 못 이루는데요.

끝끝내
그 애기 동백은요

그 애기 동백은요
밤이면 귀가 더욱 밝아
별들의 거친 숨결 사랑이 야기
귀 기울여 엿듣다가는
타는 입술 별이 되려고 달아오르는데요
일안 얼 얼 청양고추 맛인데요.

하늘 무너질
벅찬 꿈만 젖는 애기 동백

애기 동백을 깨우세요.
애기 동백을 깨우지 마세요.
눈뜨고 자는 애기 동백

동백 무당 2

동백꽃 필 때면 전쟁도 무르익어요.
동백 아가씨 이미자 노래로
힘찬 젊음들이 정글 속 불꽃 마당을 헤매 돌았는데요

갈기갈기 어둠 찢는 섬광
산자락 물어뜯는 포성
귀 멀고 눈 먹은 애기 동백
화염방사기 불붙는 정글 속 사랑

정글은 그렇게
포탄들이 불 뿜는 붉은 눈 애기 동백 꽃밭이었는데요

탄환 출입 금지 폭발물 접근엄금
순간이 더욱 절박한 염원들이
신의 치맛자락 부여잡는 말달리기 정글화

동백 훈장은
공가이 눈빛은
십자성 별빛 되어 점점이 아로 박히는데

물줄기 쓸어안고
어둠을 삼켜버린 적막
애기 동백 꽃물 드는 얼룩무늬
을화통이 꽃 폭탄 되어 동굴 속을 구른다.

달빛이 바다를 건너면
들문이 저절로 열려
물 젖은 애기 동백 낭랑한 웃음소리

* 탄환 출입금지 등 글귀는 월남전 캄란주둔 백마부대 군인철모 등에
  적혔던 내용임

두견화

붉은 댕기
선녀 가시나들이
어지럽게 놀다간 자리

연지 곤지
웃다가 찢어진 입술
고갯마루 아직도 마르지 않은 피범벅

젖는 눈물
목쉰 두견새 울음

바윗돌
어지러운 구르기 경주
갈갈이 찢긴 칡넝쿨 질긴 목숨

울음보 터진 장끼 울음
검푸른 멍울 난간에 걸쳐
열은 졸음에 잠 못 드는 신음소리

앞치마 붉게 들추며
성큼 일어서는 산자락

* 가시나 : 아이티를 벗어난 소녀(이마에 솜털)
* 가시다 : 물로 행궈내다

어머니

공중에서 별 하나 떨어진다.
미쳐 받을 겨를 없이 허공으로 지는 아픔
갈라지는 하늘 비 새는 방울 소리

어둠을 길어 올려
샘가로 뜨는 아기별들
송사리 떼 별로 뜨는 은하수 깊은 밤을

많은 사람 중에 나 혼자 놀고 있다
울음보 터진 얼굴
부여잡는 손길 물결 속 잠기는 뒷모습

옹달샘 깊숙이 구름이 흘러간다.
그늘지는 샘가로 얼룩지는 눈물 자국

생시 적 그러셨지
약해빠지고 고집불통이고.
미덥지 못해 숨결 더디 놓으시고
흐린 눈빛 끝끝내 더디 감으시고

억새꽃 가시덤불

들국화로 웃으시던 청상의 애환

털어놓고 애원 한마디 원망 한마디

하늘은 쪽빛으로 멀어지는데

산소 옆 할미꽃 다지고 마는데

아버지 산소는 마른 잔디 소복소복 말이 없으신데

달을 올려보면 주름지는 엄마 얼굴

든구름 비켜 비켜 말없이 내려보시고

드 팔 휘저어 닿을 듯 허공뿐

내가 뻗는 손길은 짧기만 하고

샘물로 어룽 지는 둥글둥글 보름달 얼굴

숨어서 올려보는 울 어매 웃는 얼굴

부영이 우는 밤을 등잔불 지새우던

구름 가는 서산마루 달무리 지는 밤을

박주가리

하얀 꽃들이
이마에 손을 얹고 하늘 향해 웃고 있다

나비 한 마리
나래질 바람 안고 한 자락 돌고 있다

줄 감아 달아맨 초승달
실뿌리 살금살금 꿈길로 감아 돌아
별빛 물들어 깊어가는 여름밤을

꿀을 물고
님을 향한 벙어리 사랑

소낙비 도리깨질
물먹은 꽃잎들의 숨 막히는 공중비행

뜬구름
징검징검 누구 하나 건너올까.

하얀 수염 신선님 내 도포 자락
바람바람 멀미 난다. 하늘을 난다.

구지개다리 위로
수염 달린 꽃씨 하나 눈감고 날아간다.

장작 패기

모서리 모질게 휘둘러
기준점에 꽂히는 도끼날
적막과 고요의 숨통을 확 틔운다.

이두박근 삼두박근
팔뚝을 타고 흐르는 전율 같은 쾌감

숨결 머금은 일각의 틈으로
쪼개져 내리는 한 토막 소나무
심장이 잉어 뛰듯 펄펄 뛴다.

침침한 별들이 어둠을 쓸어내리는 밤을
옹이마다 응어리지는 정열은 꿈을 달구는 용광로

송진 냄새 굴뚝 기지 지나!
우주로 통하는 길목엔
수묵화 농담으로 번지는 그리기 한마당

도끼날 끝으로 머무는 하늘은
다을 듯 높이 걸린 뒤 없는 거울

풀꽃

세상이
다 잠들어도
잠들지 못하는 꽃들이 있다

호롱불 꽃망울
바람결로 웃는 모습

간지럼 쪽빛 산울림
지다 만 꽃잎 하나
어질어질 하늘로 날아올라

휘파람 휘휘
세상을 어르고 있다
세상을 잠재우고 있다

잡초

호미 끝으로
파랗게 돌아 누어
제 이름조차 되묻는 잡초들
땡볕에 풋풋한 살냄새로 맞서는 떨림

아픔을 자랑삼아
깔깔대는 신음소리
어디 떳떳지 못한 푸르름 있으랴

잡초라는 이름으로 점령당한 남새밭
호미 끝 흙먼지 날리는 몸부림

처음 무주공산에 달하나 외롭고
풀 이파리 싱그럽게 나부낄 때
알몸에 풀대 궁 큰 칼 차고
목청껏 외치는 내가 밭떼기 주인이라고

이슬 머금은 풀잎 들의 뿌리 내림 영토분쟁

엉긴 뿌리 어우름 한세상
흔들리듯 돋아나게 부추긴 숨결은 누구이셨습니까.

뿌리 깊숙이 흔들리듯 신의 뜨란을 넘보는 발버둥
마른 풀잎 하나 구름 너머 우주선 되어 천지를 호령한다.

어덕배기 뙈기밭
발버둥 키 대보기 시샘으로 무성한 잡초들의 한마당

저 높은 님은

저 높은 님은
햇살이 부끄러워
하야케 간지럼 타는
자작 나뭇잎으로 머무는
댕기 머리 처녀의 숨결이셨습니다.

수줍은 할미꽃 더듬어
볼 붉히게 하시고
꽃송이 깃발로 내건 곱사 등
매화 등걸로 박장대소를 하셨습니다.

숨은 들꽃마다 색깔 있는
입맞춤으로 뽐내게 하시며
어둠에 웃다가 햇살로 춤추는
양지마당 펄펄
나팔꽃잎으로 붉게 노래하셨습니다.

오순도순 뒤엉킨 삶들이
얼굴마다 닮은 모습을 하고
풋내 나는 숨결들로 다듬어 내리는

고린내 나는 정들로 익어가는
짝짜꿍 뒤안길로
꼼내 나는 텃밭을 펼쳐 두셨습니다.

차 한 잔으로

차 한 잔으로
시그널이 바뀌고
돌아갈 운명이 바뀌고
야바위꾼 딱지가 바뀌고
야야 차를 어떻게 마셨는디 그려

햇님도 타올라 어둠으로 부서지는 밤인데
아직 길은 멀다
달리는 열차에서 종종거림이 어디 자발마저 그럼이던가

사연들이 새끼를 치며 밤의 중심을 넘나드는데
하수 구멍에 엎드려 구역질하는 삶도 있다
과부 며느리가 시어미 앞에서 입덧 토악질을 하고 있다

찻잔 하나 눈 감은 침묵 하나
저 혼자 하야케 질려버린 백자 사발 하나
채워도 채워도 빈 양푼이 하나
주인 하나 그림자 하나
문 닫을 시간은 지나갔는데
돌아갈 막차는 이미 끊어졌는데

식어 버린 찻잔 손끝에 이는 냉기
담배 연기 독 오른 하늘
높은 굴뚝 접시돌리기 어지러운 하늘
달이 아무렇게나 빙글거리고 구름이 뒤돌아 웃으며 지나간다
뜨란 안마당
돌담 아래 숨은 풀꽃들을 간지럽히고
고추 멍석 뜨겁게 달구던 태양을
내일 같은 오늘로 재탕으로 띄워
눈 비비며 일어서는 바다 건너 양아치들

그래 차 한 잔이 어떻다는 거여
왜 자꾸 울렁거리고 어지러운거여
중앙의원 송 원장님 세상이 어지러운 것을
치료는 왜 내가 받아야 하는 건지요.

시

시를 써야 해
왜
숙명이니까

55 라 77치 못한 놈
99한 변명 늘어놓지 말고
어디 한번
0 0 하게 한번 늘어놔 봐라.
0 0 개 같은 삶을 00 2 살려고
11 2 따지고 주접을 떨며
한 번 가면 00 이 못 올 저승길을
꼬불통 꼬불통 헛바퀴 돈다.

달빛이 아름다운 밤을
가로등 장막 너머
막막한 글발에 세상이 상자 속같이 오그라든다.
버려지는 시어들이 감아 돌아 목뒤로 흩어진다.

쓰레기통 자궁 속
나부랭이 어휘들이

타는 불꽃의 아픔을 고고의 지성으로 울어대겠지
도니터 속 덜컹이는 시구들이 선 하품하며
자판을 넘보고 있다

남들은 순산을 잘도 한다는데
덜컹이는 프리터기
제왕 절대로 뽑아내는 칠삭둥이
코 빵빵이. 먼산바라기.
입삐뚤이. 얽빼기.
아니 혼은 어디로 불어넣은 거야

민기님과 풋예님의 사랑 이야기

1
풍장소리 요란하다 흥겨운 가락에
오금이 움질움질 절름댄다.
어디론가 풋예님이 들어와 춤을 춘다.

꽹과리 깨어지라고 가슴팍 때리고
장고는 자지러질 아픔에 떨며 궁 채와 열 채가
혼절했다가 깨어나기를 몇 번이던가

풋예님은 이런 곳에 나와
춤을 출 비위도 용기도 없는 여인이었다.
민기님이 죽고 나서부터
신기 어린 혼이 씌어 사무친 한이
신명을 불러 부끄러움도 쓸어 덮은 것일까?

막걸리 한 되 값으로 가난을 동여매는
초라한 삶을 실바람 팔랑이며 숨죽여 살았었다

무너져 내린 외딴집 벽 귀퉁이 문살도 없는 문풍지는
설 한풍 칼바람에 울지도 못하고

부챗살 눈 비비고 나오는 설익은 햇님은
그분들을 제쳐두고 청기와 안마당만 비출 수는 없었나 보다
무쇠 발 동장군 얼음장 깨는 무참한 발길질
옆차기 돌려차기 하얗게 귀속까지 파고드는 눈보라
가슴과 가슴 사이 바늘귀 짬조차 내지도 못했었나 보다

늦은 아침 허기지는 죽음의 그림자 까마귀 울음
거적 들추고 일어나 주춤주춤 신 장로 길 돌고 돌아
주막집 막걸리 한 사발로 아침 겸 하루를 달구는 취기일까?

풋예님은 머리 쟁배기부터 턱주가리까지
때 묻은 헝겊 띠를 두르고
윗저고리는 갓난이가 입던 건지 허리도 나오고
겨드랑이가 바람에 벌렁벌렁 열리곤 해도
수줍음이 제비꽃 같던 그녀는
민기님 뒤에서 코만 겨우 내미는 부끄러움 가득 님이셨었나보다

2

민기님은 처음 왜정 때까지는 예쁜 마누라하고
양지마당에 붉은 고추 뜨겁게 달구는 웃음꽃 펼치며
모란꽃 망울지는 삶을 호미 끝 곰실곰실 일구며 살았었단다.

그런데 징용에 코가 뀌었는지
왜놈 순사한테 초승달 같던 마누라를 빼앗기고부터
삶에 끝자락에 붉은 꽃잎 봉선화 설움 같은
터질 듯 씨알 폭탄 불안을 달고 살아야 했었나 보다

이 여자 저 여자
변변치 못한 세월을 바꿔가며 살아가던
나날들 끝자락 어느 날엔가 키 작고 궁상맞고
지지리도 못나고 볼품없기로는 으뜸인
풋예님을 제대로 만나 행복의 계단을
너무 높이 올라 저승사자 궁둥이를 피나게 찔러 버린 건지

아니면 저승사자 멍텅구리 낚싯줄을 잘못 물었는지
그 불쌍한 풋예님을 두고 게으르고 눈 어두운

저승사자 꽁무니를 동내 마실 가듯 따라나서고부터

의지 가지 오갈 곳 없는 풋예님은
어느 성긴 영감 꼬임에 등 따시고 배부름에
머리 두른 때꼽쟁이 헝겊 띠는 벗어던졌겠지만
헝복은 비탈져 미끄럼 절벽 흘러내리기 시작이었나 보다.

멀리 정취 어린 옛 동네 풍장소리 울리면
절로 생기 돌아 엉긴 한을 풀어 떨치려
흥겨울 것도 없는 춤사위
떨며 떨며 몸으로 그렇게 울어 쌌는가 보다

나는 사람은 다 안다.
세월이 뭉덩뭉덩 무너져 내린 날들에
그분들의 애절했던 삶과
그립고 아쉬움이 전부였던 사랑과 행복을

* 쟁배기 : 장승백이 장승을 박아 기리던 곳, 이마 위 머리 중앙

나와 내 아내

저녁놀
서산 바라보며 향수의 눈시울
귀가로 맴도는 먼 파도 소리
메아리쳐 끊임없이 부르는 소리

가야 돼 가야 돼

그래, 가라 누가 붙잡냐 이 등신님아
그래, 나 가고 나면 후회 많이 할 거야

걱정 마라
안 잡는다. 서해바다 용왕 귀신이 되던지
석양빛 노을 귀신이 되던지 지 맘대로 하세요.
가을만 되면 도지던 병이 갈수록 더 깊어 지내

왜 단풍 이야기는 안 하는 거야

그래 단풍귀신이 돼서
이산 봉우리
저산 꼭대기

빨갛게 울든지 파랗게 웃든지
울다 웃다 지치면
억새밭 뒹굴어 하늘 끝
달빛 춤추는 억새 무당이 되던지
빈 둥지 맴돌며 우는 멧새같이 실컷 울어 나 대시라고

그녀 내 아내는

숨만 헐떡여도 살이 붓고
퍼주어야 채워진다고 믿는 그녀
코피를 먹물로 쏟아내고
미끄럼 화선지 위로 멀미하는 그녀

분 화장을
물감 접시에 찍어대고는 북데기 머리
얼룩빼기 얼굴로 나서는 객기

박병천 신명으로 판을 펼치고
몸으로 피리 불어 붓대 춤추는 그녀

세상을 벼루 속 풀어
먹장 도끼질 함부로 덤비는 그녀

달에 난을 치려고
사다리 오르기로 밤잠 설치고
세월을 병풍에 접으려 붓 날 세우는 그녀

* 박병천 : 진도 북춤의 명인

세한도의 소고

바람 끝이 차다.

어둠의 끝자락 들추어
미지의 형상을 웅어린
시린 대지의 뼈마디를 들춘다.

눈보라 쏟아져 내려
목청 돋우는 광야의 울음소리

멀리 국경을 가르마 지르는
몽당이 별똥별 골 깊은 여운

발가락 깨지는 아림이
언 가지로 울어 동토의 아침을 달구는 깃발

나 그는 누구인가

홍성규 시집

소나무 높은 가지
구름이듯 걸터앉자
동아줄 세월 자락 한허리 드리우고
어둠을
품에 들이는
허리굽은 물레질 허성규

흑과 백

먹물에
중력을 담아 내동댕이쳐본다.

시간 저편
무수한 방울들의 쟁쟁한 울림

붓끝으로
블랙홀 심장을 더듬어 어둠의 줄기를 가른다.

비칠 듯
검은 마력에 쓸리는 농묵의 회오리

별빛 감감
벼루 속 잠기는 골 깊은 하늘
빅뱅의 회오리 흑과 백의 영토분쟁

북소리 함성소리 깃발로 펄럭이는 동토의 아침

어떤 무대

바람 끝 팽이 도는 무희가
몸으로 송곳 틀어 허공을 뚫는다.

사뿐히 날아도 될 것을
불티나게 떨어야만 터지는 함성

목숨 줄 울먹임이 한 편의 시가 되고
혼이 흔들려 가는 선으로 꿈틀대는 한마당

발끝에 이는 불꽃
눈빛으로 쏘아 올려
흐느끼듯 북받침으로 달아오르는 열기

무대의 중심을 갈라
장막 저편으로 맺히는 영상들

참았던 웃음들이
쏟아져 내려 막무가내가 몸부림

잊혔던

그리움들이 되살아 나

절정을 향해 목구멍을 허덕일 때

막이 내립니다. 끝이 아니라 시작을 위해

하모니카 오빠 생각

추억이
머리카락 사이로 가물거린다.

송사리 미꾸라지 꾸물대던
흙 감탕 외짝고무신
젖은 논둑길 미끄러 내린다.

높아만 가는 푸른 하늘
팔랑이는 고무줄놀이 보조개 지는
웃음소리 머리끝 한 뼘 하고도 넘는다.

맨발로 깡충대는 어깨 너머
아기 봐라.
불 때라
걸레 빨아 방 닦아라.

쟁쟁한 외침들이
석양빛 물드는 고샅길로 웅크려 있다

어둠이 내리는 마을 어귀
한가락 구슬프던 하모니카 오빠 생각

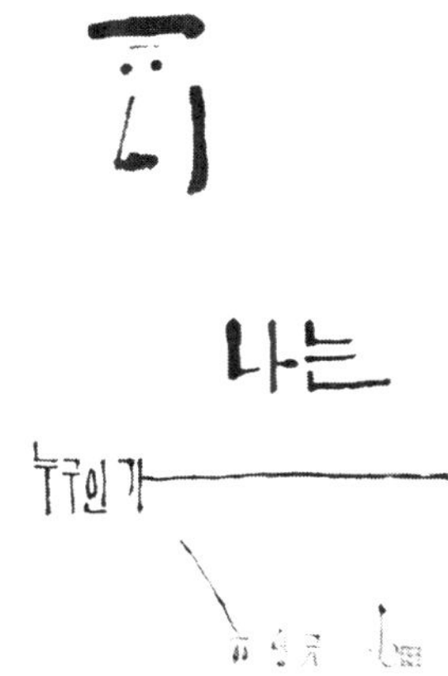

아욱죽

아욱죽에서 어머니 냄새가 난다.
아니 된장 냄새려니

숟가락 들려니
놋대야 깨지는 어머니 음성
아니 바람 소리거니

텃밭에 키운 아욱이다
된장국에 어울리는 그 맛
아내 손끝으로 묻어나는 어머니 숨결

가난이 벼슬이던 시절
아욱 건더기 둥둥
바람결 스치듯 멀건 죽사발

어머니 몰래 애동 고추 한 움큼
속이 더 맵고 쓰리다
찬물을 마셔도 가시지 않는 속쓰림

고추 속쓰림보다
한술 배고 품이 더 절박함은 아니었을지
아욱죽에서 어머니 냄새가 난다.

숟가락 들려니 쟁쟁쟁
어머니 음성 아니 바람 소리거니
회오리 바람 대지의 등줄기 후린다.

달빛 가르는 장독대
항아리 옹기종기 어머니 숨결

멀건 죽사발 퍼 올리는 놋쇠 숟가락
아욱죽에서 언제 적 어머니 냄새가 아직도 난다.

기왕이면

기왕이면
천지에 쏟아지는
장맛비는 말고
백련꽃 꽃망울 더듬어 방울지는 이슬비이고 싶다

기왕이면
몰아치는 태풍은 말고
귓불 간질이는 숨결이듯
도라지꽃 멍울 터지는 순간을 스치는 바람결이고 싶다

햇살과 눈싸움하는
채송화이기 싶기도 하고
꽃송이 밟고 내리는
나래 춤추는 나비이고 싶어 어깨춤 움츠려 본다.

기왕이면
한 점 구름 되어
높은 하늘 하야케 나부끼는 깃발이 되고 싶기도 하고

붉게 물드는
북 나뭇잎에 깃을 접어
땅거미 내리는 등성이
차 한 잔 여유만큼의 자유이고 싶다

촛불이 흔들린다

130

촛불이 은하수를 건넌다.
촛불이 태평양을 물결친다.

자유 여신상이 촛불 앞에 어른거린다.
무궁화 꽃잎으로 여신상 귀를 씻어
촛불들의 침묵을 들려주자

촛불을 밟고 서서
촛불을 지켜 주는 등대는 그만

홀로 흔들려 저절로
녹아드는 촛불이고 싶다.

몸을 불살라 타오르는 두 불꽃

언 발로 말뚝같이 우뚝
다가서는
전경 오빠들을 사랑한다고

우리는 하나다 촛불은 하나다.
촛불은 촛불로만
밝혀져야 한다는 생생한 외침들이 뜨겁다.

무한 흔들려도 꺼지지 않는
진한 숨결이 되고 싶다
진한 아픔이고 싶다
촛불이 흔들린다. 촛불이 물결친다.

* (2002 미선 효순 추모시)

봉선화

돌들이
돌을 이고 하늘 향해 올라서고
돌들이
돌을 엎고 길 따라 늘어서고

땀방울 자지러 자지러
돌무더기 타는 여름

돌 틈을 외발로 버텨 서서
아픔이 아픔 되어 달아오른
손톱 끝 불붙는 봉선화 순정
함부로 터지는 불발탄 사랑

볕발이 불단 솥뚜껑 울림같이 달아오른 낮
비는 언제 오려나. 파초 잎 위로 하늘은 높아만 가고

반달

어둠이
산마루 서성이며
어두운 곳으로만 어슬렁거리는데
등성이 너머 반달을 우러른다.

거기 어둠의 골짜기
굽은 허리 웃고 있다

아니 자꾸만 그리움들이
쉰 막걸리같이
대포 사발 넘쳐나는데

님이라 하자 둥글둥글
내 청춘 몽땅 받친 님이라 하자
어찌 내겐
아득한 날에 그리움에 사무친 님에 얼굴로만 비쳐질까

하늘 여행

가슴앓이 같이
너와 내가 머리 맞대고 살아야 한다.
아무렇지도 않은 날에 별스럽게 살아야 하는 우리

땅끝을 헤매서라도
두 발 뚝뚝 힘찬 모습으로 나아가야 한다.

서산에 해지고
어둠이 내리면 더욱 좋겠지.

별들의 시시콜콜
못다한 사랑 이야기
바람결 들려오지 않겠는가.

그래 아 아 바람이라 하자
귓가에 맴도는 바람의 노래

가슴은 뜨겁다.
분홍빛 전율 같은 박동 소리

목마를 태워 주마 이참에 하늘 한번 올라 보자
스무사흘 쪽달이 기우는 밤이면 더욱 좋겠지

거기 등성이 언듯
쪽달에
엉덩이 걸치고 히히덕 떠나는 하늘 여행

기도

1
해맑게 열리는 아침을
가슴으로 여미며
새로움으로 도드라지는 부지런한 나날이게 하소서

삶에 기본을 위력과 물질보다는
순리를 바탕으로 세우게 하시며
할 수 있다
하고 있다
해내고 만다는
참음과 끈기로 꿋꿋함 잊지 않게 하소서

볕발의 다사로움을
개버들 꽃망울로 울먹이게 하시며
들꽃에 입 맞추고
이슬로 방울지는 여린 마음이 무시로 돋아나게 하소서

쪽박 지식으로
남의 도량을 그늘지게 하는 우를 범하여
가슴 조리는 괴로움 되풀이하지 않게 하시고

허영과 나태함도 오만임을 순정으로 다독이게 하시며
물러서고 엎드림도 용기임에 주저함 없게 하소서

밥상머리 온기 도는 풍요로움이
댕볕에 웅어리지는 땀의 결실임을 감사하게 하시고

사치와 낭비도
허세임을 심정으로 다독이게 하시며
마디마디 땀 젖는 성취감을
골 깊은 정으로 우러나게 하시고
가랫줄 밀고 당기는 분별을
온몸으로 느끼게 하심을 떨리는 마음으로 감당하게 하소서

2
까치밥 높은 가지 단풍 드는 감잎으로
예술의 풍요를 울안에서 찾으며
한 송이 들꽃으로 물드는
여린 감흥에 무시로 젖어 들게 하시고

작은 힘이나마 구석지고 낮은 곳으로 기울여
밝아지고 돋아지는데 보탬 되게 하시고
소외되고 그늘지는 곳으로 한발 다가서
눈여겨 함께함에 게으르지 않음이 행복임을 터득하게 하소서

풀잎 하나 흔들림도
우주의 섭리로 길들여지고 운행됨을 깨달아
하찮은 일에 목숨 거는 어리석음과
순리를 거스르는 우매함에서
헤어나는 지혜로움에 눈을 뜨이게 하소서

내 살붙이만을 위한 기도가
수고로움을 정으로 나누는
이웃들에 부끄럼 이게 하시고

삐뚤고 모난 사고와 행동이
구진 일에 앞장서고 기쁜 일에 뒤따르는 이웃들을
지치고 거추장스럽게 하는 지름길임 알게 하시며

조각달 심지 돋워 터진 하늘 꿰매시고
바늘쌈 통째로 뽑어 또 다른 은하 지으시며
높고 낮음이 조화롭고 물을 아래로 출렁여 삶의 곡절들이
이치와 아귀로 다져지도록 배려하고 염려하심에 감사드립니다.

추억

검정 치마 흰 저고리
단발머리 찰랑찰랑 깨금띠기 소녀여

지금쯤 어느 하늘 아래
허리 굽은 모습으로 지팡이 절름절름
너른 길도 좁은 길도 더듬어 나서시는가.

깡충대던 고무줄놀이
바람결 찰랑이던 치맛자락

다디마디 깊어지는
쑤시고 저리는 아픔은 어이할꼬

햐! 그립다
눈시울 시리도록
마른기침 갈라지는 꿈결의 시절이여
낙엽이 지고 찬바람 불어오면
아랫목 군불 지피던 고향 생각 그리워라

그리움

먼지 풀풀 주머니 뒤집어 툴툴
털어내던 찌꺼기 가난들이 읍내사거리
구멍가게 앞 추억의 빵 냄새로 벌름거린다.

히히 코 간질이던
고놈이 이젠 쭈그렁 허제비 꼬락서니
신작로 길 모난 돌자갈
심통의 발길질 코 째진 운동화
어머니 속 터질 고소함이 부지깽이 닦달로 줄달음친다.

지난해 사주신 쑥색 교복 바지
정강이 기어오른 허전함 어머니는 여지가 없으시다.
여가나 겨를로 이야기할 성질의 것도 아니었다.
장맛비 큰 물에 논둑 쓸리고 핑계 같은 흉년에
세상은 자꾸만 무겁고 버거워진다.
코 터지고 귀 터지고 등 터지는 대포알보다 무서운 곱장리
장리쌀
/ 반 장리. 쌀 한 가마에 가을에 쌀 한 가마 반
/ 장리. 쌀 한 가마에 가을에 쌀 두 가마
/ 곱장리. 쌀 한 가마에 가을에 쌀 세 가마 6.25 전쟁통

우리 집은 빨갱이 세상 되면 반동이라 못 받을까 봐 그나마
주지도 않는다

웃다리 건너진 등 재배기 아래
줄1 보자기 책가방 아무리 머리 굴려도
대추방망이 구멍가게 아저씨
친불친 막론하고 외상은 절대 사절
이란 글귀 무슨 뜻인지 몰라 골몰했던가.

그런데 왜 해마다 더 춥고, 더 더우며
화려한 치장들이며 자동차는 길 터지게 늘어나는데
사람들은 갈수록 어렵다. 어렵다 하는 건지
돌담 아래 아침내 붉게 웃다가는 햇살 쏟아지면
입 다무는 나팔꽃들이 비켜서라 성화다

허리춤 흘러내리는 해묵은 꿈들이
늦슨 굴렁쇠 무한 굴리며 지나고
가난이 벼슬이던 시절 벌써 잊고 마는지
김 서린 유리창 너머 계란 푼 우동국물이 그토록 그립더니만
너른 밥상머리 고깃국에 은수저 너마저 천근이다.

바위가 띤띤 하고 솔잎이 새풋새풋 한대 세월이 좀 먹나!
모래알이 싹 나나 쇠 터럭같이 많은 날 무슨 걱정이냐 던
은수라는 동무가 곰곰 생각나고 그리운걸. 어쩌랴

꾀꼬리 합창

내 고향 두무산 오리나무숲
꾀꼬리들이 수백 아니 수천
돋이면 오리나무 벌레를 쪼며
황금물결 휘돌아 울음 울던 곳

동에서 울어 서로 번지고
동, 서에서
다시 중심으로 화음의 한울림
온산 어우르는 찬란한 선율의 한마당

영혼의 계단을 출렁이는
준엄하고 황홀한 대향연

두아경 소용돌이
둘 흐르듯 꽃잎 날리듯
선녀님 내 흥거운 춤사위
천국문 열리는 황금 물결 꾀꼬리 합창

우체통

우체통이 가슴 텅텅 웃고 있다.
헌 함석 붉은 고추장 통
땡볕이 뜨겁게 달구는 열기
나무 기둥 옆구리 질러 달아놓은 의젓함
부지런 사연들이 선 잠드는 비둘기 둥지

하루가 오리걸음 종종대는 자갈마당
목마름 기다림이 아쉬운 미련으로 달랑이는 허전함

가끔은 무심한 듯 들여보는
한 줄이나마 까마득 인연의 모퉁이 이따금
전단지 한 장이 반가움인 주름지지 않는 시간 저편
둥글이 화장지 굴리듯 둥글둥글 그리워 본 적 있는가?

입 다물어라 바람 든다.
땡볕에 입술 걷어 올리고
세금이나 공과금 고지서 걱정 없이 그저 웃고만 있다

구름 가는 모퉁이 외롭단 말 한마디
툴툴 툴 두 바퀴 구르는 소리 졸다 깬 선하품

덩치 큰 우편물을 입술 째지게 쑤셔 넣고는
ㅈ-갈길 바앙 휘도는 성급함
오래전 막내아들 군사우편이 반가움이었지
ㅇ-내 손끝으로 풀어헤치는 옷 부쳐 온 소포 뭉치
서로 먼저 보려던 쪽지 글 한쪽 아련한 미련의 그날들

아 그 노무 교통 딱지 말해 뭣해 나라 위해
쓰여지겠지만 울화통 터지고 속 터져
니 잘못 내 잘못 그래 막 달리더니 잘했다 잘해
탁자 위에 하루 이틀 고집불통 눈싸움 목이 타든다.

너는 또 막힌 가슴을 쓸어 허공으로 비워 두어야 하리
휭한 대문 옆 휘도는 눈보라 퍼담으며 시린 외로움 노래했었지!
바람에 날리는 낙엽 입가에 웃음같이 흘리고
거나리 소풍 길 나비 한 마리 쉬어가던 시절도
마파람 들이치는 소낙비 덩치 큰 모서리 책갈피 적실 때
숨은 기다림 두께 쌓이고 돌담 모퉁이 성급한 장닭 마냥
니달리던 바람이 덜 오문 봉선화 꽃잎에 입을 맞춘다.

누가 더 좋아

엄마 아빠하고 나하고 누가 더 좋아
- 너 니가
어디가 더 좋아
- 요놈의 조동아리 나불대는 입술
엄마는 배 안 고파
- 그래
왜
- 엄마는 너만 보고 있으면 배불러
그래도 나는 아무것도 줄게 업는데
- 엄마는 그래서 니가 더 좋아
엄마는 밤이 더 좋아 낮이 더 좋아
- 밤이
왜
- 일 다 하고 반가운 식구들
얼굴 보며 이야기도 하고 얼마나 좋아
그래도 나는 낮이 더 좋더라
얼른 자고 쪼깐이랑 놀러 가야지
- 쪼깐이가 엄마보다 더 좋아
그럼 나중에 쪼깐이랑 결혼할 거야
- 엄마는

에이 바보 엄마는 아빠가 있잖아
- 그래도 나는 니가 더 좋은걸
거짓 깔
엄마는 배고파도 배부르다 그러고
맛있는 것도 맛없다고 나만 주고
댄날맨날 거짓말쟁이야
선생님이
거짓말쟁이는 나쁜 사람이래.
- 그럼 엄마도 나쁜 사람
웅 웅 웅 에이 몰라 잉

* 쪼깐이 : 쪼그마고 앙증맞고 깜찍한 코흘리개 여자아이를 일컫던 이름

욕쟁이할매

갱갱이 구시장 장터골목 왕대폿집
70년대 도지사님도 욕먹었다는
톡톡 입바른 욕쟁이 할매
시멘트 탁자 위로 숨 가쁜 양은 주전자
항공모함 잔 돌림기 눈꺼풀이 파도친다.
욕쟁이 할매 거친 입담 안주 삼아
시작부터 꼬꾸라지는 자존심을 부추기려
내 앞에 잔도 슬쩍슬쩍 비워주며
곱에서 곱으로 오르는 취기를
객기 아닌 우정과 낭만으로 즐기던 벗이들이여
갈잎에 이슬 젖듯 술기운 돌면
납덩이 하늘마저 덩달아 일렁이고
거리를 넘쳐나는 흥타령 신명이
철 지난 선거 벽보 위로 펄럭인다.
전봇대가 부처님 얼굴을 하고 껄껄대고 있다.
탁배기 한잔이 강경포구를 흘러 바다 저 멀리 출렁인다.
비틀대는 세상사 뒤안길
바람도 얼어붙는 고드름 사이로
시린 별 하나 종종종 하늘길이 멀다
이승과 저승 해묵은 줄다리기

잉잉 전깃줄 물어뜯는 언 바람소리
거기 누구 시름에 겨운 긴긴밤을
하늘 귀퉁이 잠 못 드는 별들의 쑥덕공론
서산마루 절름발이 새벽달 휘파람소리
발버둥 세월이 삐그덕 아침 문 열리면
거울 속 머리통이 울렁울렁 수박통인데
넥타이 졸라매는 손길이 어줍게 흔들린다.

잠들지 마라

잠들지 마라 잠들지 마라
귓가로 흘러드는 여울목 물결 소리

살랑이는 바람결 세월 더듬고
하늘은 구름 풀어 세상 어른다.

진달래 꽃가지 머리 꽂고
할미꽃 꽃잎 하나 입에 문들 누가 붉다 탓하랴.

땀 젖는 괭이자루
어깨춤 텃밭 일구며
버들잎 새순 돋는 올목 강변에서.

그대여

그대여

가슴속 깊은 곳

아리아리 알 아리 바늘귀 틈 좀 내어 주오.

열리는 틈으로

불꽃 열기 솟구치는 정열

가쁜 숨 벅차도록 빠져들고 싶다오.

그대여 높은 봉우리

소나무 한그루 서 있어 주오.

솔 향내 잠잠 안개로 잠들다가

발아래

너울 춤추며 점점이 꽃잎 하나 떠돌고 싶다오

그대여 벽오동 높은 가지

둥지 틀어 꿈이 머무는 보금자리

새털구름 빗살 지듯 귓볼 간지럼 속삭이고 싶다오

꽈리

둥글면
다 보름달인가요
어머니 모습이어야 보름달인 게지
달빛 그늘
내려 보시는 눈시울
어머니
손때 묻은 장독대
돌 틈으로 여름내 불 달은 꽈리
가슴으로 불어보고 싶다
쪼그락 쪼그락
가을밤은 깊어만 가고